JN220071

歌集

位相

渡辺栄治

砂子屋書房

＊目　次

ある日常　11
うごめくもの　16
ヒスタミン試験　20
母逝く　24
旅遠くきて　28
矩形の街　33
高層のビル　37
ソウル　41
変異するもの　48

ストップモーション 53
実験室 59
父逝く 64
博多から唐津へ 70
バナナシュート 74
時代 79
フェルメールの光 85
高麗王若光《こまわうじやくくわう》の墓 89
ワールドカップ・フランス大会（一九九八年） 93
街 97
闇 101

佐渡　104
パラダイム　108
晩夏　112
大磯・高来《たかく》神社　115
ゆふぐれどき　119
ながれ　123
企業戦士　128
実験動物　134
をりをりに　138
重き荷　140
雨の軌跡　144

癖　147
古き孵卵器　149
会社合併　152
会議に向かふ　156
工場閉鎖　159
退職・再就職して　165
キューポラ遥か　171
再々就職ののち　174
貧しき戦後　180
射干玉《ぬばたま》の夕べ　187
疎なるが寂し　191

あとがき

装本・倉本　修

歌集　位相

ある日常

早朝の実験室は無機的な広ごりのなか静けさをもつ

ブラインドの縞の光を横たへて実験台は朝に人待つ

感染と汚染にこころ傾けて有害菌を継代《けいだい》しゆく

顕微鏡覗いてみればなるほどと思ひし俗称〈箒カビ〉

緑膿菌、黄色ブドウ球菌は個性と認むる色を持ちゐる

分裂が分裂を生み増殖す幾千万の大腸菌群

耐性を獲得しつつつウィルスが人に宿りて増殖をする

目に見えぬ大きさをもつ細菌を兵器に利用せしは人間

抗生剤開発すればするほどに耐性菌が追ひかけてくる

顕微鏡の視野にうごめく細菌の如くみゆるか地球のわれら

最終のバス待つわれの背《そびら》より吹きくる温《ぬる》き世紀末の風

霧雨にゼブラゾーンの信号が囁くやうに真夜に息づく

デルフトの器《うつは》を出してこのひと日過ぎたることに溺るるがにゐつ

無花果の枝を手折れば滴りぬ身を切る如き白き血汁は

帰宅すればすでに夕闇軒先の日日草は今日を終へたり

うごめくもの

今日もまた「雨ニモ負ケズ」と呟いて思ひやりなきラッシュに向かふ

早朝の実験室より見ゆる川に水鳥遊ぶ飛沫《しぶき》光れり

細菌の有無試験するわが仕事目に見えぬゆゑ空振りの如し

保存菌継代《けいだい》されて三十年幾多の人の手により生くる

顕微鏡覗いてみれば葡萄状なる細菌の正体をみし

細菌の継代作業する人がガスバーナーの炎に揺るる

お互ひに目配《めくば》せをして作業する無菌作業は無菌衣を着て

残業となりし連絡吾子出でて受話器の声は確としてをり

父の日に吾子より贈られしクレヨン画紙いつぱいのわが笑顔なり

悔いのない今日を生きむと思ひつつ朝のラッシュの人混みに入る

ヒスタミン試験

それぞれの都合ばかりが目についてフレックスタイムわれに馴染まず

実験のくる日のために育てられし兎は今日も餌を食みゐる

ヒスタミン試験に使ふ猫の名を「たま」と名付けてそれまでを飼ふ

自転する地球の如く正確な日々を過ごせばよいと言ふのか

耐性を獲得したる細菌が増殖しゆくこの世紀末

生体を渡りて生くるウィルスが風邪と言ふ名で人に襲ひ来《く》

一昼夜培養したる細菌の一個が数千万個となりぬ

細菌の分裂の如く独立国誕生の地球はさながら孵卵器《ふらんき》

人類も水より生《あ》れしと思ひつつうごめく菌を顕微鏡に視る

おしなべてこの世はシュールなるものかダリはあの世で地球を笑ふ

母逝く

告別の棺の中に何入れむ母の好みし花冬になく

母逝きてまだ消えぬかなしみを静めむと来し入間川、冬

母逝きて一月《ひとつき》過ぐる如月《きさらぎ》に心寂しく春を待ちゐる

夕空に母に似た様な雲ありていつも心に母住むを知る

父よりの母の危篤を告ぐる電話事務的なれど泪あふれ来《く》

苦しまず母は逝きしか問ふわれに父は黙してただに頷く

母逝きし日も故郷の入間川悠々として下《くだ》るひとすぢ

そのうちに蕎麦が打てると笑ひつつ言ひし喘息の母いまは亡き

皓々と冬の満月かがやくも母の通夜にはかがり火を焚く

佇《た》ちつくすわれに夜空の寒月は無情の光を投げつけてくる

小豆煮る匂ひ漂ふ厨辺に唄くちずさびし母は逝きたり

旅遠くきて

杳《とほ》きものみなやさしくて幽かなり霧降る夕べ郭公のこゑ

トンネルを抜ければ何か新しきことなどあると思ふ不思議さ

花巻の北上川の水面には啄木の短歌《うた》が浮遊してゐる

葦原の中に佇むわれもまた葦の高さの風に吹かるる

佇ちつくす北上川に人見えず風に揺れゐる蒼き葦原

秋兆す風になびける葦原と雲低き空つづく河口は

北上の河口に一人佇みて葦原を吹く風と過ごしし

海に沿ふ道より見下ろす集落の肩を寄せ合ふ如くに立てり

集落の塀に沿ひつつ桟橋へ続く漁村の坂道を行く

桟橋に画架立て描く背後より訛りの強きことばかけらる

半島の漁港を望む食堂に驟雨《しううよ》過ぎるを見つつ茶を飲む

満開の夾竹桃に風吹きて微睡《まどろみ》の中揺るるくれなゐ

秋兆す渚に舞ひゐる海鳥は風に向かひて風に流さる

行く夏を惜しむが如く浜に見ゆ線香花火風に流るる

寝ねぎはに望む窓外沖あひを烏賊釣り船か燈火《あかり》かがよふ

矩形の街

碧空に浮かぶひとつの雲映すビルのガラスの形而上絵画

高層のビルの窓より残照の街を見てゐる白きトルソー

黄昏の高層ビルの裏窓に街の憂ひが満ちみちてゐる

酸欠の街川流るる黄昏の星なき空に蝙蝠の飛ぶ

残照の光を鈍く反射して夜に向へる酸欠の川

廃ガスの漂ふ街を這ふやうに酸欠の川黄昏をゆく

酸欠の川の淀みに耀ひてビルのネオンが風に揺らめく

高層のビルより見えてわが街の汚れゆく川細きひとすぢ

水脈は枯れゆくのみか再生のメカニズムさへ失ひし川

限界はとうに超えたり水源と河川の汚染人を蝕む

高層のビル

時々はニュースに聞きし水源の汚染のことも人は忘れて
人間が過去と現在引きずりて汚染の街にうごめいてゐる

高層のビルの影など薄くして冬至の街はくぐもる感じ

ショーウィンドに映る歩道をゆく人の歪みの中にわれも紛れて

高層のビルの会社の受付けにビニール製のベンジャミン立つ

高速のエレベーターが止まるとき放り出されし浮遊感覚

高層のビルのガラスの碧空を外れて延びてゆく飛行機雲

街角をふいに曲がれば襲ひくるどこか寂しき変身願望

高層のビルの狭間に降る雨が細くて白い軌跡を描く

鈍色の空重々きビル街をさまよふ如く飛ぶつばくらめ

ソウル

東京の秋より澄みて夕暮れのソウルの空は星が煌く

黎明のソウルの道のシグナルが表情もなく点滅をつづける

ホテルより見下ろす朝の渋滞もソウル名物の一角を成す

地上より地下が安くて便利だと言はれて乗りしソウルの鉄道

五百年続きし李朝の王都ソウル世紀へだつも活気に満てり

李朝期に建てられしとふ宮殿の門は古びて枯れし色あひ

李朝期の面影偲び古陶器の気に入りしひとつの前に佇む

青磁器を求めて入りし骨董屋の主人《あるじ》は日本語を流暢に話す

かん高きガイドの声が響きゐる昌徳宮《チャンドックン》の回廊をゆく

プルコギとカルビを喰ひて出る店の「カムサハムニダ」に答へられずや

タクシーのラジオより聞くハングルのいつか聞きたる歌謡曲かな

焼き栗の匂ひ漂ふ晩秋のソウルを巡る異邦人われら

漢江《ハンガン》の水面を渡りくる風もこの民族の旋律をもつ

紐解けば心に痛く迫りくるわが国が係はりしこの国の歴史

ハングルに馴染みゆくころわが内の加害者意識の希薄なるを知る

民族の心までをも二分して悲しからずや朝鮮半島

漢江の水面を発《た》ちて白鳥が人越えられぬ国境に向かふ

国分けし半島の秋風に舞ふソウルの柳さびしくも見ゆ

晩秋の風に散りゆく柳葉を手に受け止めしソウルの別れ

追ふほどに遠ざかりゆく影に似て大韓民国わが内に在り

変異するもの

恐竜展の人ら順路に従ひて合成樹脂の恐竜を観る

コンピューターで動く合成樹脂製のステゴザウルス闇に悲しき

恐竜の絶滅したる原因に隕石落下の説が濃くあり

最後には生《しやう》あるものが勝つといふフレーズもありゴジラ対メカゴジラ

エッシャーのだまし絵の如延びてゆく地上へ地下へビルの階段

ワイパーがフロントガラスの水滴を右に左に掻き分けてゐる

定石《ぢやうせき》のやうに隅より腰掛けて始発電車の席は埋まりぬ

降り行ける新宿駅の西口に集会の歌の絶えて久しき

ビル街を吹き過ぐ風は無機的で直線的でスピードがある

空き缶が風に押されてビル街の裏道を行くからんころんと

黄昏にノスタルジアを浮遊させ淀みしままの街川がある

川原《かはら》に捨てられてゐる自動車の窓のガラスが光を返す

お互ひに緩衝域に漂へば居心地よさが孵卵してゆく

手を触るるときに怯えて縮まりぬ電気仕掛けのやうなおじぎ草

生くるものみな僅かづつ変異して本質のなき時代《とき》に到れり

ストップモーション

春色の電車に乗つて海を見にゆく人誰かいませんか

眠りから目覚むるやうに咲き初めて花瓶のポピーひいふうみいよ

空よりも碧き犬ふぐりの花群れて日当たりのよき土手南側

母に手を引かれてゆきし入学の校庭の桜満開の日よ

木陰よりそよ吹く風に揺れてゐる亡母《はは》の好みし大根の花

故郷の川を跨《また》ぎて吹く風はいつも優しくわが頬を打つ

父の日の吾子描きたるクレヨン画どこかやさしきわれの髭面

理由にもならぬ理由を並べたて吾子は今夜も風呂を拒める

杳《とほ》き日に父と登りし故郷の山の頂いま吾子と立つ

イレブンの一人となりて並びゐる吾子も少しはたのもしく見ゆ

キーパーの少年が手のメガホンで味方の背中にエールを送る

競《せ》り合ひに負けてゴールを許せしが悔いなき吾子にわれは涙す

キーパーの体が宙を水平にストップモーションの如く浮遊す

ＰＫ戦のゴールを外した少年はしばらく天を仰ぎてゐたり

金色の夕日の中に浮遊する後半生のわれの未来図

実験室

風邪ひきて医者より貰ふ美しき、カプセル、顆粒、シロップ、錠剤

腸内の細菌叢《そう》が変化してときどき腹がゴロゴロと鳴る

温《ぬく》もりの一片もなき冬の朝の実験室はただに人待つ

早朝の実験室にわれ一人コーヒー啜るフレックスタイム

昨日《きぞ》決めし段取りのメモに従ひて実験器具を揃へむとする

細菌や真菌などを友として実験室に今日も立つわれ

手順書に従ひ分離する菌の形状丸く隆起をみせて

サルモネラ、ビブリオなど毒を持つ菌も鏡検すれば視野に美し

とりあへず腹に収めし昼飯がこなれず午後の仕事となれり

川沿ひを小学生の影長く帰りゆく見ゆ実験の窓に

継代《けいだい》を重ねるほどに変異してアイデンティティーの失せし細菌

残業の実験室にわれ一人予期せぬデータに茫然とゐつ

水汚れ腐敗のすすむ街川に増殖しゆく細菌の群れ

PH《ペーハー》が4にも満たぬ雨降りて矩形の街が蝕まれゆく

日常は知らず知らずに変異すもあらゆるものに愚鈍なわれら

父逝く

病院より父の状態急変の電話を受けて呆然とゐつ

苦しまず父は逝きしか穏やかな顔がいまにも動くがに見ゆ

イヤホーンを付けしラジオがＯＮのまま死《し》屍《し》たる父の枕辺にあり

臨終の父を看取りしナース若く零す泪のありがたきかな

フィルムを早送りして見る如く脳裡に浮かぶ亡父《ちち》の思ひ出

嗚呼、父《ちち》の硬直したる小《ち》さき足一家を支へ働きし足

軽々《かろがろ》と父を抱き上げ納めたる棺を置きて部屋に佇む

告別の棺の中に入れ忘るる父の十年日誌のノート

この年の最高気温を記録せし日父の告別式が終はりぬ

スマトラに出征したる父逝きぬ戦後五十一年目の夏に

よれよれの父が使ひし野球帽さびたるクギに引つ掛けしまま

ひまはりの群れ咲く丘の空に見ゆ父に似た様《よ》な入道雲よ

父逝きて悲しみ残る平成の八年葉月、渇水に入る

茫茫の荒野をただに歩みゐる鈍牛のやうな父でありにき

遥かなる天空にありてわれを見よ逝きたる母と父の魂

博多から唐津へ

大寒の玄界灘は静まりて鈍き光を反射してゐる

風花の切り岸を行く鈍行の列車よただに確実であれ

氷雨ふる博多の夜の屋台より漏るる湯気さへわれを誘ひて

唐津へと旅立つ冬の朝暗く博多の街はまだ夢ん中

筑肥線ののろき電車に微睡みのわれは唐津の旅鴉かな

左手に「旅カラッ」なる絵地図もち歩き始めん唐津駅前

唐津城の天主閣より俯瞰する三十六方球面を帯ぶ

唐津焼の花瓶《はながめ》ひとつ手に取らば店の主人《あるじ》が近づいて来る

佐用姫の伝説などを思ひつつ歩く薄暮の「虹の松原」

唐津湾の水面に揺るる灯影《ほかげ》さへ趣ありてなほ去りがたし

バナナシュート

クリームと砂糖を入れしコーヒーの日本的なる中流の味

電柱の影と交はるわが影が二次元の道を移動してゆく

ビル街の夜のブルーの海をゆく深海魚のわれ頬こはばらせ

夕暮れの川土手ゆけば細々と鋳物工場の炎が見ゆる

検診の結果が血糖値高きゆゑ今朝のコーヒー砂糖を除く

降圧剤二錠飲んでは今日もまた朝のラッシュのホームに立てり

をりをりに自分を不憫と思ひゐるわれを哀しく思ふことあり

サッカーの試合に向かふときだけは六年の子も勇ましく見ゆ

ゴール前の壁を軽々迂回してカーブボールがネットをゆする

角度なき場所から不意に飛んでくるバナナシュートを知る人は知る

睡蓮は水面に咲きて二次元の色と形を確実にする

渇水の世紀末なりやうやうに痩せたる川が蛇行してゆく

滅び行く都市生活を暗示してジョージ・シーガルの白き塑像は

テレピン油の臭ふアトリエの片隅に未完のままの十号の少女

輪回しの少女が走る黄昏の街シルエット濃く憂愁に満ちて

時代

残されし雑木林を俯瞰して武蔵野線が走る寂しさ

空と海が水平線に向かふほど各々《それぞれ》の色を薄めてゆけり

つらぬける思想を持てぬ時代《とき》なるや一人一人がうぢうぢとして

ボランティアの川の掃除に市長らがのこのこと来て挨拶をする

自転車《チャリンコ》がわれを追ひ越すときにたつ風さむざむと夕闇に消ゆ

めりはりの無き点滅をくり返すネオン耀ふ熱帯夜の街

ビル街の裏道を行く老人の段ボール一杯積みしリヤカー

ブラインドの隙間より見ゆ青空の幾億光年先の広ごり

シュレッダーに裂かれゆくときマル秘なる書類が放つ音軽々し

今日せねばならぬ仕事を思ひつつ会議の資料をコピーしてゆく

飛び入りの仕事を先にやるために置いてけぼりの予定の仕事

誰がどう変異させしか巡り聞くわが風聞の悲しかりけり

可も不可もなき結論に到達す平均化されしわれらの思想

高層のビルが夕陽の逆光に黒き墓標の如く立ちゐる
来たるべき時代《とき》の寒さを暗示してひたすら風に散るさくら花

フェルメールの光

酪農の国と覚えしオランダの五月の風と光と花と

運河《カナル》ゆく船より仰ぐ古きビルの裏窓に咲く花も美し

なかなかに暮れぬ運河のさざなみが時々白き光を放つ

ダム広場の白夜に集ふ若者の声聞くホテル〈クラスナポルスキー〉

街路樹を映す運河も静まりてアムステルダム小雨に煙《けぶ》る

狭き部屋の小窓に佇《た》てば遠き日に読みし『アンネの日記』再び

中世の面影湛へ暮れてゆく城壁の町マーストリヒト

古城見る窓辺に君と飲むコーヒー、エスプレッソが濃き香を発す

デルフトの空を覆ひし雲間よりフェルメールの光静かに注ぐ

シーボルト、アンネ・フランク、ゴッホらが綴る光と翳のオランダ

高麗《こま》王《わう》若《じやく》光《くわう》の墓

ハングルで書かれし絵馬もちらほらと見ゆる高麗《こま》王《わう》若《じやく》光《くわう》の墓

若《じやく》光《くわう》らが起こししわれの故郷はかつて高麗郡高麗村といふ

高句麗《かうくり》の光と翳をひきずりて若光の一団ここ武蔵に来《く》

創世の日本にありて渡来人《とらいじん》の成したることの少なからずや

韓国《からくに》の言葉に由来するものの多くを持ちて生き来しわれら

その昔、鉄や土木の技術もち渡来せし人を時に偲べよ

思ほえばわれのルーツは韓国《からくに》の三国時代の高句麗《かうくり》ならむ

山裾の高句麗《かうくり》神社の境内をもとほりながら朝鳥の鳴く

高句麗《かうくり》の文化を今に伝ゑる杖鼓《チャンゴ》の響き哀しみ深く

訪ふほどに親しくも見ゆ若光《じやくくわう》の墓の傍の花も揺れゐて

ワールドカップ・フランス大会（一九九八年）

遠き日のサッカーへの思ひ甦るスタジアムに響く歌「翼をください」

サッカーが世界で一番愛さるる球技と知りしわが少年期

「強ければそれでいいじやん」サッカーのワールドカップはプロ・アマ問はず

フランスのピッチに立ちゐる日本のイレブンどこかひ弱く見えて

悲壮感を漂はせつつ走り回る初出場の日本のイレブン

応援が勝利を導くことなくもテレビに向かひ叫びてゐたり

決定力不足などとは言ふまいぞ技術も体力も世界は高し

ゴールへのたぎる思ひが燃えてゐるなりふりかまはぬ中山雅史

前へ前へゴールをめざし突進す中山雅史、骨折したり

初出場予選三戦全敗の日本のイレブンに薔薇色の涙を

街

自動車の死角のやうな危ふさで背後に迫る世紀末の闇

月曜の朝は仮面をつけ替へて気怠き体を引き摺りてゆく

ラッシュアワー、窓際の人の肩越しに朝の陽を浴ぶ街が広ごる

ビルの影に吸収されてわが影が異次元界をしばしさまよふ

ビル街の小公園の樹に群るる椋鳥いつしか都会派となり

大都会の一隅に棲む野鼠がいつか謀反を企て始む

街燈につくりだされしわが影を見つつ寂びしむ残業帰り

酸性の雨降る街の夕ぐれに救急車のサイレン揺らぎつつ消ゆ

暮れ果てし高層ビルの裏道に街燈淡く孤独を点す

シャガールの花を抱きて飛ぶ少女空碧々《あおあお》と微睡《まどろみ》の中

闇

世紀末いよいよなるか渇水の街川にのぞく錆ぶる自転車

哀しみを置き去りにして走り過ぐ車高短《シャコタン》の車爆音を上げ

ひたひたと不況の波が押し寄せてもう安穏に生きてもをれず

銀行の破綻にだけは税金を公的資金と言ひて使ひぬ

〈いじめ〉あれど見ぬふりを決む学校の烏合の衆にも劣る振舞ひ

予告なくミサイル実験する国の餓死者は数百万にも昇り

CO_2削減案は先送りされて氷河の融解すすみ

温暖化すすむ地球に新たなる感染症が流行る気配す

佐渡

信濃川が万代橋をくぐるころ水面の動き幽かさを増し

カーフェリーのデッキに立てば鳴き集ふ頭上のかもめ風に煽《あふ》られ

あはあはと広ごる海を俯瞰して坂の漁村の家並みがつづく

外海府《そとかいふ》に近づくほどに道せまく海と空とが押し寄せてくる

風強き晩夏の午後の防波堤に並ぶかもめは一方を向き

無宿人の墓に沿ふ道のぼりゆく佐渡は金山の歴史思ひて

海を向く無名《むみやう》の墓の悲しみを秘めて横たふ佐渡の島かげ

潮騒をわれ呼び止むる声と聞き風立つ佐渡の島をあとにす

カーフェリーがお腹に車を引き入れて粛粛粛と島を離るる

小雨降るカーフェリーの窓に遠ざかる彩りも無き両津の港

パラダイム

雨の夜の電車の窓に書かれたる〈バカ〉と重なり映るわが顔

近づきては遠ざかりゆくサイレンを日常として今朝もまた聞く

ビル街の谷間の風にさまよへる半透明のビニール袋

生ぬるき風たつ夏のビル街に鈍き光は乱反射する

高層のビルの狭間の空遠く黒き太陽歪みて落つる

「器用には生きられない」と会社去る同期の友の言葉さびしも

目標があれば生き生き生きらるるなどと思へど淋しくもあり

パラダイムシフトのときか悲しくも未来は過去の線上に無く

落下する力と同じ量をもつ円を水面に広げゐる雨

ロダン作〈カレーの市民〉思はせる丘の萎れしひまはりの群れ

晩夏

バラバラな心の破片つなぎつつ日の暮れぎはの川土手を行く

ぼんやりと光を放つ遠街も定かならざる明日に向かふ

かの夏に逝きたる父の面影をたたへて淡き夏銀河かな

日に一度飲まねばならぬ純白の美《は》しき錠剤肌身はなさず

日常のよしなしごとを麗しく思ふことあり映画のやうに

保険金欲しさに親が子を殺す地獄草紙のやうなうつつぞ

鳥群れが不意に向きかへ消えゆきぬ湾岸高速車窓のかなた

行く夏を惜しむが如く風に揺る「氷」の旗の色もあせたり

気だるげな晩夏の風に煽られて白き葉裏をみせる街路樹

大磯・高来《たかく》神社

韓国《からくに》より渡来せし人の名残り見ゆ大磯高来《たかく》神社界隈

初夏の風に吹かれて尋ね来ぬ高来神社に訪ふ人を見ず

わが二礼二拍手の音響きゐる高来神社の緑陰深く

大磯の高来神社の境内にたつ幻の高麗《こま》王若光《わうじやくくわう》

日本書紀、古事記のことなど話ゐる宮司は博学にして眠するどき

韓国を追はれし人を迎えたる太古の人の心うるはし

高麗山《こまやま》に登りゆくほど大磯の町より高く海せりあぐる

韓国の人を受け入れ千余年いま遥かなる時空を思ふ

大磯に定着したる韓人《からびと》の思ひを偲ぶ花水川《はなみづ》辺

相模より武蔵に来しと伝へらる高麗王若光の謎なほ深く

ゆふぐれどき

桜桃忌また巡りきて甦る『人間失格』の冒頭の部分

静かなる夕ぐれどきの掘割りに沿ひて幽けき柳のなびき

父母逝きてそれからといふもの百日紅《さるすべり》の古木は骨のやうにかがやく

釣りをする少年の顔を明かくして池の水面が光を返す

新緑の雑木林を煙《けぶ》らせて降りつづく雨が匂ひを放つ

紫陽花に雨の落ちくる夕ぐれを鎮めて響く山寺の鐘

鳥の群れ夕空遠く消えてより山裾の町動くことなき

延々と流るる雲を仰ぎみつわれは高原の一木《いちぼく》となる

はつなつの風に押されて登りゆく軽きなだりのさみどりの丘

ジェット機が一気に描きし飛行機雲夢ひきつけて夕空にあり

ながれ

同じ駅の同じホームに立ち並び同じ会社に向かふ幾年

ブラインドより洩るる光が床を這ひ実験台の一辺に達す

降圧剤二錠とコーヒー一杯を飲んで始まるわれの一日

「おはやう」の声はつらつと聞こえ来て新入社員が到着したり

実験の目的と基本教へつつわが新人の頃を思へり

それぞれがただに黙して入りゆく天秤室は聖域に似て

定めなく動く数値が点滅す微風に揺るる電子天秤

着々と分裂をする細菌の一個が数億となる明日

継代《けいだい》を重ねるほどに変異してアイデンティティーの失せし細菌

中間が無くて前後が忙しき細菌培養のわれの仕事は

予期もせぬデータなれど実験の結果が語る事実の重み

原因を特定できぬクレームの発生の経緯が気にかかり出し

クレームが副作用のことに及ぶとき身の内に顕《た》つ厳粛なもの

結論をいかに書かむやクレームのレポート白紙のまま数時間

食事後のひととき憩ふこともなく午後の仕事に手をつけ始む

企業戦士

ありふれた言葉を浴びせかけながら仕事の進捗を窺ふ上司

はじめから用意されたる結論に導くための会議が終はる

月に一度定期診察受けるため休暇願ひの書類を書きぬ

蒼白き殺菌灯を点しては人よせつけぬ夜の無菌室

非常口告ぐる緑の絵表示が残業の部屋の隅に明るし

四十歳以上の社員に配られし希望退職を募る一文《いちぶん》

同僚も上司も不安隠せずにひたすら今日の仕事に励む

英文のEメール来て唐突に知りし合併劇の経緯《いきさつ》

リストラに会社去りゆく同僚の背中さびしく夜の闇に消ゆ

リストラを逃れしわれの仕事量いよいよ増えて手詰まりとなり

期末には次期の削減目標がトップダウンで流布されてゆく

己がため働きゐるも付き纏ふ企業戦士の成れの果てなど

雑踏に紛れゆくときわれもまた人間といふ区別でしかなく

大寒に入りなほ身に沁む不景気の巷の風に向かひ行かねば

何事も無きかの如く流れゆく濁る街川ビルを映して

実験動物

名前なき猫のケージの番号を確かめてゆく実験のため

それぞれの段取りに従ひ揃へゐる解剖器具と投薬の経緯

人間のために死にゆく兎や猫を実験動物といふは哀しも

薬液を耳静脈《じじやうみやく》より注ぐとき兎の目には悲しみが宿る

実験に使ひし鼠《ねずみ》をガスにより処分する夢われを離れず

人間のために実験動物を殺《あや》めしは仕事と言へど哀しき

残業で書きし実験のレポートを翌日みれば穴も多かり

糸口のみえぬ事項の固まりが頭の隅に重くとどまる

顕微鏡の視野にうごめく美しき桿菌、球菌、毒もつもあり

フラスコの球面に映るわが顔の歪み激しくわれを笑へり

をりをりに

夕ぐれに響く鐘の音低くして家並みなつかし小江戸川越

墨田川の水上バスの波白くデッキに子供の手をふるが見ゆ

鉈彫りの円空仏と向きあへば知らず知らずにこみあぐる笑み

子供らはルアーでバスを釣るといふわれは蚯蚓《みみず》を食ふ魚を釣る

良寛の手毬の歌を唱へつつ風の岬に嗚呼たちてゐる

ゆきずりの人に聞きたる花の名を忘れてゐたり旅の終はりに

重き荷

厚塗りの暗き画面が寒々し香月泰男の描きしラーゲル

ラーゲルに捕われゐたる画家の描く重き荷を背に人のたたずむ

雪原を蛇行してゆく川にたつ湯気あたたかき水の匂ひす

木枯しの過ぎし夕べの大空に圧されて街が広ごる感じ

ジェット機が一気に描きし飛行機雲ゆめひきつけて夕空にあり

セザンヌの「カルタする人」二次元に写されてより静止せし刻《とき》

サッカー部の中一の子のバッグより『野菊の墓』の文庫本見ゆ

さみどりの葉裏がかへす水無月の光まぶしくされどもの憂く

点は線、線は面へと成長すおほよそのもののベクトルもちて

シースルーエレベーターで昇りゆくからくれなゐの夕焼け空へ

雨の軌跡

始まりは終はりのはじめひたすらに生きる時空の中の移ろひ

みづからの形を器《うつは》に委ねゐる流体の如きわれらの思想

降る雨の細き軌跡を見おろして高層ビルの窓辺に佇ちぬ

雨の夜の電車の窓に映りゐるわが顔を伝ひ水滴が落つ

人工の渚に異常発生のくらげの群れが空を飛ぶとき

加速する電車の窓に降る雨の軌跡がだんだん傾斜してゆく

雲低き空を背負《しょい》込むやうにして今朝もラッシュの駅に向かへり

癖

街川の淀む水面をながめつつ明日の会議のこと思ひゐつ

湾岸の都市にも生《あ》るる地ビールの基準を疑ひはじめてをりぬ

臨海の地ビール飲んでゆらゆらと〈ゆりかもめ〉に乗り帰らむとする

点描のジョルジュ・スーラの絵をみつつ光は粒子と思ひ至りつ

進みゆく時代の中で無機化する男は白く、女は黒く

新聞を折目正しく畳みては束ねる癖を父よりもらふ

古き孵卵器

ガラス器具並ぶ実験台上に朝の光がとどきはじめつ

あけがたの実験室に響きゐる音たしかなる古き孵卵器《ふらんき》

古びたる分析機器のリプレイス申請するも却下されゐつ

枯れ葦原つづく河口に立つわれを標的として海よりの風

パソコンを使ひしのちに新聞の活字に焦点定まらずして

高層のビルのガラスが映しゐる青空の中のひとひらの雲

薬包紙に残る僅かな粉末を払えば宙に光りて散りぬ

会社合併

短期間就業しては去りゆける派遣社員の育成むなし

飲みどきを外し冷めたるコーヒーを口にふふみてデスクに着きぬ

同僚と顔を合わせる時間帯フレックスとなり全てがずれつ

合併のなりたるのちは円とドルの差益気にして朝刊を読む

水曜はノー残業日ときまりしがみな報酬のなき残業をする

合併後三回目となるリストラの希望退職の面談を受く

合併ののち一年が過ぐるころわが課の人員半分となる

グループといふ名なじまず半年が過ぎつつ時に〈課〉をつけ話す

黒船の来航に似て米国の親会社より査察者がくる

新薬の売れゆき思ふままならず臨時社員が解雇されにし

会議に向かふ

食堂に遅き昼食とりながら延びたる会議の議事録を書く

定時より五分すぎても始まらぬ広き会議室に数人を待つ

部下の言ふ「じやあないですか」とは控へ目にわが方針の修正求む

おほよその中味知るゆゑボーナスの明細通知開けずにしまふ

夕ぐれの冬の疎林に入りてゆく語り過ぎたる会議は終へし

自販機のブラックコーヒー飲みほして朝一番の会議に向かふ

根回しにたけたる者の思惑に流され終はる会議さびしむ

途中から呼ばれし会議裁判の被告のやうに席に着きたり

工場閉鎖

アバウトにもの言ふ者も詳細を請ふ者もゐるわれのグループ

いちにちが英語を使ふ日とあればみなが無口となりて働く

毎朝の小ミーティングにわれに問ふ派遣社員がたのもしく見ゆ

残業の上限すでに超えをりて残業たのむはこころぐるしも

残業の多きを緩和するためにフレックスタイムで早く帰り来《く》

残業の減らぬ職場に褪せてゆく有給休暇促進のポスター

いくつかの利益少なき薬品の製造中止が通知されきつ

年に一度開催さるる部の旅行不参加とする理由をさがす

湾岸の高層ホテルに閉じ込められ研修二日目始まらんとす

入社より目をかけ育てし後輩を人事異動がさらひてゆきぬ

社名変更三度目となり横書きの名刺に赤き英文字五つ

一日中会議に追はれ開きたるままのパソコン固まりてゐる

ロッカーに忘れしままなる封筒の合併前の社名なつかし

合併後なべてアメリカ流なれど忘年会は開催されき

アメリカの資本比率が七割を超えてわが社に日本流なし

電子化が個人ペースの仕事生み同僚といふ意識うすれき

何年もつづく勝ちなど無きはずと思ひて己を慰めてゐつ

雷鳴が頭蓋の中にひびかひて工場閉鎖の告知よみゐる

退職・再就職して

工場の閉鎖のための退職に仕事の引き継ぎをすることもなし

髪薄き写真となりぬ幾年を過ごし再び履歴書を書く

「採用は見送ります」と体のよき通知よむとき力抜けたり

現状の三分の一の年収をよしとして見合ふ求人さがす

面接の機会得られず返されし履歴書の写真ちぢむがに見ゆ

葉桜の並木の風を身にあぶるわが再就職の決まりたる日は

新しき職場の小さき実験室使ひこみたる器具が光りぬ

たしかなる生産計画なきゆゑか半日で返すパート社員を

クレームの起こる不安が的中し回収されて製品もどりく

化粧品の官能検査がまぎれこむ薬品の分析を担ひしわれに

灰色の空をよぎれる歩道橋渡る人見ぬいちにちが過ぐ

ぼうとして散歩する朝の川べりに踏みて悲しき犬の糞なる

みづからのなしたるミスの弁明をするがに夕べ饒舌となる

ベ平連の芭蕉のバッジつけし日は遙かとなりぬ小田実逝く

入社時に機密保持なる契約を交ししゆゑにあらがはず退《ひ》く

キューポラ遥か

腐蝕して崩れつつあるキューポラも褪《あ》せたる壁の色もうつくし

川口のキューポラは消えて高層のマンションが駅を取り囲みゐる

「キューポラのある街」を観き川口を愛《め》でて逝きたる先達おもふ

還らざるキューポラ思ひ暮れなづむ街の外れの川沿ひをゆく

街川の枯れしすすきの揺るるさき朽ちゆく鋳物工場が見ゆ

キューポラを描きつづけし画家逝けり鋳物工場消えゆくころに

キューポラのありたる場所に歩み入りコークスの残る匂ひを嗅げり

街川の日暮るるほとり溶接の閃光するどき町工場みゆ

再々就職ののち

微生物検査の職あり給料がやすくともこれは手慣れてをりぬ

細菌の検査のついでにつまみ食ひするも品質管理のひとつ

にんじんをまづ二〇グラム採取する調理のやうなる食品検査

中国産の餃子の事件ありしより製造ラインの朝礼は長し

正社員もパート社員も朝礼に品質維持の標語を唱和す

古びたる孵卵器ものを言ふやうに実験室の隅に唸《うな》りぬ

使用期限きれしあまたの食材を行先不明のドラム缶に捨つ

ストレスが生きる力になるといふその何割を言ふのだらうか

三回の会議をこなし数杯のコーヒーに胃は爛《ただ》れてをりぬ

過剰なる言葉のサービス浴びながら牛乳とパンの代金払ふ

長男の話し声する二階には別なるわれがゐるがに聞こゆ

灰色の空ひくくしてプラチナの箔《はく》を敷きたるやうなすすき野

実験室のブラインド抜けて夕ぐれの光がひと日の終はりを告ぐる

新人に検査の説明終へむとし質問ひとつなきをさびしむ

朝礼に受注の減りしこと聞けばみな黙《もだ》しつつ持ち場にもどる

出荷量減りゆくほどにクレームの数も減りしは当然ならん

ブラインド漏るる光が器具棚のフラスコの罅《ひび》に虹をつくりぬ

エアコンの微風に電子天秤《てんびん》の最小桁なる〇《ゼロ》さだまらず

貧しき戦後

わが生《あ》れし貧しき戦後悔やみつつ検査余りの食材を捨つ

前を向き働き来しがいづこかに何か忘れしやうな気がする

ビーカーの底に漂ひ溶けずして沈みゆくものに心を寄せぬ

微生物検査をつづくる四十年いま天職と思ひいたりぬ

就職せし子は社宅へと越しゆきて口論の相手なき身となりぬ

フェルメールの絵にみる光よばむとし窓べの椅子に珈琲すする

無花果は大古よりつづく果樹と知り食へば大地のやうな味がす

降る雨を見つつ茶房に二杯目のブラックコーヒー飲んで人待つ

足元に張力を得て涼やかに水面を走るあめんぼの夏

何もせず過ぎしひと日は自由なるわれの時間と思へずにゐつ

車にて駅まで送ること拒み休暇終へたる子は帰りゆく

通勤の車窓に見ゆる川の名を四十年も知らず過ぎにき

就職し二年も経ずに退職を口ばしる子のゆくへを憂ふ

こだはりとルールがありて実験の器具は元へ戻せと言ひ来《く》

分銅を使ひしころを思ひ出し電子天秤のスイッチ入るる

改憲を説く議員らの危ふさを戦争を知らぬわれも持ちゐる

木漏れ日の影濃くなるは眩しかり茶房にアイスコーヒーたのむ

ゆっくりと話せる喫茶の激減しスピード優先の時代となりぬ

地下街にうどん啜りて午後からの会議のために地上に出でく

飲み止しのコーヒー口に含みつつ終へし会議の饒舌を悔ゆ

射干玉《ぬばたま》の夕べ

井戸水の桶に西瓜を浮かばせて父の帰りを待ちし夕ぐれ

スマトラから帰還の父は戦争を語ることなく逝きてしまへり

母の手にのこる蓬《よもぎ》の香をかぎて歩きし家路の夕べ忘れじ

射干玉《ぬばたま》の夕べに呼吸するやうに光る螢は母のまぼろし

癌に逝きし友の呉れたる置時計とまることなき時を刻めり

垂乳根《たらちね》の母より継ぎし方法でつくりし饂飩《うどん》は母の味する

どしや降りの由比の漁港の売店に入りて妻はさくらえび買ふ

旅遠くきて湯の宿に妻とまた明日のことなど言ひあらそひぬ

物事をよく忘るると妻の言ふ覚えられぬとわれは答ふる

疎なるが寂し

訪ふ人も「カレーの市民」に加はりてロダンの彫刻並ぶ庭ゆく

青麦のつづくはたてに武蔵野の雑木林の疎なるが寂し

すかんぽを手折りて食めば遠き日の思ひ出とともに酸味はありぬ

日ごと服《の》む降圧剤の所為《せい》にして耳には蟬の鳴き声を聞く

テレピンの匂ふパレットなつかしみ目的外の画材屋に入る

屋上より見下す冬の荒川が鈍き流れの光をかへす

五年間に変はりしことは震度四を五にも感ずる体となりぬ

わが先に帰りし夕べ灯《ひ》点して妻の帰りを待つ日日つづく

戦争を知らぬ世代のわれもまた企業戦士と呼ばれて生き来し

あとがき

この歌集には、一九九一〜二〇一六年に作った中から選んだ四八〇首余りを載せました。

製薬会社に勤め、毎日を実験に追われ過ごしていた私が、なぜ短歌を始めたのか理由はよく思いだせないのですが、四十一歳（一九九一年）の時からでした。いま考えると遅きに失したとも思えます。

最初は、新聞や雑誌に投稿をしました。二年もたたないときに、偶然に見た埼玉文学賞に応募したところ短歌部門の正賞を受賞したのでした。その後、濱梨花枝主宰の「青遠」に誘われ入会、「形成」にも入り活動しましたが、約一年後に解散と共に退会、「青遠」には八年間在籍しましたが、主宰が亡くなったことと仕事の多忙のため退会しました。

時代は、世紀末でありこれをいかに詠むかが話題となる時でありました。そして二一世紀になってから、会社の合併、工場閉鎖に遭い退職、再就職、再退職、再々就職を経験しました。全て身についている微生物に関する実験、検査の仕事をしました。

この間は、どの結社にも属さず新聞の歌壇（主に毎日歌壇）に投稿をつづけ二〇一六年と二〇一八年の毎日歌壇賞（共に篠弘選）を受賞し今に至っています。投稿することで多少なりとも、短歌をつくり続ける力と技術を養えたと思います。

歌集をつくるに当り、砂子屋書房の田村雅之氏に多大なる御骨折りを頂いたこと、また、装幀に尽力下さった倉本修氏に厚く御礼申し上げます。

二〇一九年三月五日

渡辺栄治

著者略歴

渡辺栄治（わたなべ　えいじ）

一九四九年　埼玉県に生まれる
一九六八年　製薬会社に入社以後、化粧品会社、食品会社に勤め、主に微生物に係る研究開発、実験、検査を四〇年以上経験
一九九一年　短歌を始める　新聞などの歌壇に投稿
一九九二年　「形成」に入会
　　　　　　埼玉文学賞受賞
　　　　　　「青遠」（濱梨花枝主宰）に入会
一九九三年　「形成」解散、退会
二〇〇〇年　「青遠」（編集委員）退会
二〇一六年　毎日歌壇賞受賞（篠弘選）
二〇一八年　毎日歌壇賞受賞（篠弘選）
現　在　　無所属　埼玉県歌人会会員

歌集　位相

二〇一九年六月九日初版発行

著　者　渡辺栄治
埼玉県川口市北園町二八―一（〒三三三―〇八六二）

発行者　田村雅之

発行所　砂子屋書房
東京都千代田区内神田三―四―七（〒一〇一―〇〇四七）
電話　〇三―三二五六―四七〇八　振替　〇〇一三〇―二―九七六三一
URL　http://www.sunagoya.com

組　版　はあどわあく

印　刷　長野印刷商工株式会社

製　本　渋谷文泉閣

©2019 Eiji Watanabe Printed in Japan